與靈魂有染

陳康濤 著

【總序】

台灣詩學吹鼓吹詩人叢書出版緣起

蘇紹連

「台灣詩學季刊雜誌社」創辦於一九九二年十二月六日，這是台灣詩壇上一個歷史性的日子，這個日子開啟了台灣詩學時代的來臨。《台灣詩學季刊》在前後任社長向明和李瑞騰的帶領下，經歷了兩位主編白靈、蕭蕭，至二〇〇二年改版為《台灣詩學學刊》，由鄭慧如主編，以學術論文為主，附刊詩作。二〇〇三年六月十一日設立「吹鼓吹詩論壇」網站，從此，一個大型的詩論壇終於在台灣誕生了。二〇〇五年九月增加《台灣詩學・吹鼓吹詩論壇》刊物，由蘇紹連主編。《台灣詩學》以雙刊物形態創詩壇之舉，同時出版學術面的評論詩學，及以詩創作為主的刊物。

「吹鼓吹詩論壇」網站定位為新世代新勢力的網路詩社群，並以「詩腸鼓吹，吹響詩號，鼓動詩潮」十二字為論壇主旨，典出自於唐朝・馮贄《雲仙雜記・二、俗耳針砭，詩腸鼓吹》：「戴顒春日攜雙柑斗酒，人問何之，曰：『往聽黃鸝聲，此俗耳針砭，詩腸鼓吹，汝知之乎？』」因黃鸝之聲悅耳動聽，可以發人清思，激發詩興，詩興的激發必須砭去俗思，代以雅興。論壇的名稱「吹鼓吹」三字響亮，而且論壇主旨旗幟鮮明，立即驚動了網路詩界。

「吹鼓吹詩論壇」網站在台灣網路執詩界牛耳是不爭的事實，詩的創作者或讀者們競相加入論壇為會員，除於論壇發表詩作、賞評回覆外，更有擔任版主者參與論壇版務的工作，一起推動論壇的輪子，繼續邁向更為寬廣的網路詩創作及交流場域。在這之中，有許多潛質優異的詩人逐漸浮現出來，他們的詩作散發耀眼的光芒，深受詩壇前輩們的矚目，諸如鯨向海、楊佳嫻、林德俊、陳思嫻、李長青、羅浩原、然靈、阿米、陳牧宏、羅毓嘉、林禹瑄……等人，都曾是「吹鼓吹詩論壇」的版主，他們現今已是能獨當一面的新世代頂尖詩人。

「吹鼓吹詩論壇」網站除了提供像是詩壇的「星光大道」或「超級偶像」發表平台，讓許多新人展現詩藝外，還把優秀詩作集結為「年度論壇詩選」於平面媒體刊登，以此留下珍貴的網路詩歷史資料。二〇〇九年起，更進一步訂立「台灣詩學吹鼓吹詩人叢書」方案，鼓勵在「吹鼓吹詩論壇」創作優異的詩人，出版其個人詩集，期與「台灣詩學」的宗旨「挖深織廣，詩寫台灣經驗；剖情析采，論說現代詩學」站在同一高度，留下創作的成果。此一方案幸得「秀威資訊科技股份有限公司」應允，而得以實現。今後，「台灣詩學季刊雜誌社」將戮力於此項方案的進行，每半年甄選一至三位台灣最優秀的新世代詩人出版詩集，以細水長流的方式，三年、五年，甚至十年之後，這套「詩人叢書」累計無數本詩集，將是台灣詩壇在二十一世紀中一套堅強而整齊的詩人叢書，也將見證台灣詩史上這段期間新世代詩人的成長及詩風的建立。

若此，我們的詩壇必然能夠再創現代詩的盛唐時代！讓我們殷切期待吧。

二〇一四年一月修訂

目次

輯三 肉身斷代史

輯四 良夜與夢

輯一

城市的斑紋

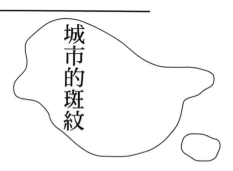

傭人

她是這個早晨裏起得最早的一個
但已經不算早；因為在故鄉
幾乎要完整地目睹黑夜從皮膚上褪去的過程
她手臂的黝黑現已鋪展開來
亮出了跟雞蛋一樣的光澤
而她所服侍的基督教家庭
仍然沉醉在一片鼾聲之中
孩子有時不安地轉身
她把一隻蛋翻面
客廳裏所種植的一顆洋蔥
現已長出幾條新鮮的蔥子
她可以隨機而謹慎地
彷彿挑選一個民族那般
截取其中一條，切碎
放到沸湯中
讓它從濃烈的氣味中解放出來
而現在，這個基督教家庭裏的孩子
已經被香氣緩緩喚醒

她端坐在椅子上，合十禱告
——這個漸漸無法戒掉的嚴肅習慣
迎來每一個早晨的神聖時刻：
她乾癟的兒子逐一復活
並且從晨光當中惺忪地走向她

的士司機

香港的路每日都在變
光的離開，沒有告訴過塵埃
他永遠陷於世界的右半身
路今日還在維修，明天就不再被經過
在夏天，星期六帶兒子去游泳池
雙腿在柔軟的水中伸直
膝蓋已經變得沈默寡言

他曾經吸煙
然後讓煙味像火山灰蓋下
閱讀馬經的時候傾向世界的左半身
大便的時候吸食抄牌的恐懼
暗格裏有
香港街道地圖二〇一三
空氣清新劑、指甲鉗、水的洶湧
每個清晨送兒子返學
教他跟交通警察說話

對藍色系特別敏感的孩子
揹著書包伏在車窗旁邊
觀看路燈寬恕黑夜的過程
有時候車窗流著白色的小泡
那是他父親抹車的時候

有乘客曾經嘗試填寫地毯的格子
用模糊掉的語言。這個世界上總會有人
懶得擠進別人的親密裏去
曾經被告拒載，撞車、死火
做夜更的時候遇上靈魂
城市的斑紋和皮膚用同樣的方式導向死亡
兒子在雙層床上等待宵夜
在床單的皺褶上駕駛
眾多小小的模型車子

獸醫

相隔一年牠再來覆診的時候
他才記起了。牠是他所見過
最醜陋的動物，但他不拒絕牠的檔案
不越過牠的每一條病歷
現在他重新檢視牠若無其事的肌理
那時，他讓手術刀沿著精細的墨線展開
他曾經目睹牠的毛孔張開如一千萬片乾燥的魚唇
他為牠去除虱子的時候，想起過耶穌
他喜歡看牠完診後被主人抱走時的
門。他的老婆和子女，也愛養寵物
他也喜歡每天的工作，以此為天職。直到
有一次受委託進行
人道毀滅。他在一個黃昏之中
處死一個太陽。土地在方磚間瞇著眼
城市每一個角落的人都看得到牠的血光
他曾經為上百隻寵物進行
絕育手術，如果是麻醉藥過於適量
他就記起了。他曾經愛牠水藻般的毛髮

卻不知道它們根本忘記了大海。現在
撫著牠的新毛，才察覺舊毛爭相脫落的樣子
牠曾經默許他擱淺的位置，現在叫他
萬分焦急。快船割開過的海浪，竟然又如此吻合
他凝視牠的腿，它的肌肉、彈性、形狀
他用手術燈狠狠地照牠曾經走過的公園
他用手術燈狠狠地照出被拖行的血跡
城市的粗糙地面過於敏感，被光撞破
兼及廢墟的黑夜，驚起一隻狗的輪廓

補習老師

——給H

在車上，你說你近來發現一位學生原來
是一個長期病患。她的血液
大概缺乏某種物質，傷口
難以癒合，像被地鐵剖開的風景
記憶力衰退，也在手腳的皮膚上
學畫畫三小時但兩小時已經必須休息
在七歲以前，一直都很健康。
現在家裏經營菜檔，長兄
賴在大陸做生意虧光了錢
你曾教她讀《孟子》，孟子曰：
「世俗所謂不孝者五：惰其四肢
不顧父母之養，一不孝也。」
她就拿來罵她的哥哥。
你像說故事一樣把文章故事講給她聽
你像說故事一樣把她的故事講給我聽
你給她看張愛玲，張愛玲寫她媽媽講過
「我寧願看你死，不願看你活著使你自己處處受痛苦」
你說看著她用螢光筆把這一句猛力地塗

不知道可以說些甚麼
你說，她似乎很想考好公開試
一個禮拜要求補兩三次
已經有一些文章不敢再給她讀
照樣上課，照樣下課
照樣說你好，照樣說再見
你說你以往有一陣子每天起床就是想著死亡兩個字
我笑你將手機的字體調得比老人手機還大
你咯咯地笑，說之前以為自己快要盲掉了
眼睛每天都長出紅筋，很怕。
那個女孩呢，女孩最後怎樣了？我問
女孩啊，她拍很多次拖，可是照樣那麼善良單純
照樣老師你好，照樣老師再見
照樣用螢光筆塗句子，那一句
已經透到背頁，但還是無法在夜裏發光
你照樣進進出出，她扭動時間的把手
可是它已經壞掉。你觀看，鎢絲燈泡
忘記的方式，又再亮起一次。

我們前方的路標，遠遠指著
一個連它自己也未曾到達過的地方

收音叔叔

他想捕捉我們的聲音
在其他時候，也捕捉另一些人的聲音
一個小孩騎單車經過，就要重新收音
一群年輕人圍著談天，又請他們離開
他已經慣於流放自己的耳朵
讓牠帶回一些世界的碎片
有時它們是刮傷人的，有時可以拼合。
最後一次，一隻鳥在我們不知道的地方
嘎叫三聲。
大家抬頭
看天空冷寂的空白
錄音器裹著一層毛罩，他叫它做
「死貓」。每一條相鄰的毛都極其敏感
騷動總會在最後一個人的身上蕩開
沒有人知道我們要說些甚麼
我們說得清清楚楚，他也聽得清清楚楚
（連地上的草也在說：楚楚、楚楚）
他曾經遇見很多很多不同的人，《鏗鏘集》

每個星期日播放。他說笑：「詩的張力嘛
今晚去旺角食雞煲食羊，畢竟這麼冷的日子」
我和另一個受訪者
乘著他們的採訪車，用一個黃昏穿過了
香港的心臟。各食各的，我們
最終在旺角蕩失了路

波瀾

——為因吸入沼氣而死的下水道工人而寫

一

沿海灘向前走，天后廟在盡頭。
盡頭之後便有惡狗。
尚有老人賣砵仔糕，濃稠有如
她眼中的晶體。海面尚有一艘漁船
在正午，如熱湯上的死蚊子。

他叫女兒去上香，女兒饒有興味地仰望
迴旋的香。傳說媽祖越洋而來，冒風擋雨
要討回遇難的家人，一群魚
聚攏在她眼中。清澈見底的大海
升起一具完整的屍體。

城市的盡頭，有一座商場
盡頭之後便有村落和避風塘
收在天后的眼底
一個出水口，湧出惡夢

他兒子小小的頭顱從羊水中升起。

二

泳池在它的邊緣，湧著淹死人的欲望
淺淺地捲過一對子女的小腳。
一個下水道工人，年屆五十，步向死亡但
尚有餘裕。在禮拜日早晨
孩子嚷著要到海灘玩。

不在黃昏。不在海的慾念膨脹時
他把自己嵌入梳化，凹處在夜裏
緩緩鼓起，如受烘的麵包
到達凌晨。幽暗中的大海，沼氣將升
明滅不定仿如一條下水道。

他在家人的夢中，躡手躡腳走出去
保護衣中的通道，正等待他的進入。

禮拜一，恰是一個嶄新的開始。
女兒正在美勞課掂起一根小繩子
彷彿他其中一個同伴。

三

一個如常的中午，他進入
井裏仰望，同伴的橙色保護衣如常地
因背光而顯得毫無光澤。
陽光開始縮成一個小洞，他安心地低頭工作
在一個被臨時調派到的舊下水道中。

從天后廟回來的路焗熱無比
他開始感到暈眩。陽光
已經縮成更小的一個洞。洞口放著工程師的頭
沒有臉。一個圓形的波瀾
竟在他眼中愈滾愈大。

世界彷彿正在遭遇一次日蝕
他想仰望，請年輕的工程師
稍為移開頭部，好讓他能恢復呼吸。
正午，一個圓形的浪
在波瀾裏無人知曉地平息下去。

四

女兒放學，在家中看著電視。
電視裏有一條死去的海豚，擱淺在碼頭
各種專家圍著牠。在牠體內
測出一種過於龐雜的基因
大海，消化了各種死亡。

每個浪都是一個整體。一個圓形的
胚胎，從水平線下，駛到岸上
潰成無數掙扎的手，一邊後退
一邊拍打著沙子。他母親接到一通電話

那電話打給肚裏的胎兒。

一些水分子，正在輪迴成另一個浪。
一代人蟄伏於一代人的腦內
沒有人可以不努力地拒絕，波瀾式的因襲。
在沿岸的廢墟中，勢將有人
重建一座天后廟。

五

這是一座天后廟，建在波瀾之上
有人從車上來、艇上來、商場裏來
在路口恰巧轉入來、剛從
子宮出來，為了看波瀾。波瀾，從大海
從下水道中升上來。

一個人在廁所中沖走波瀾
大海以龐大的純粹，反芻

有人跨不過廟的門檻，他是
嬰兒。一個人在下水道中摔倒
擁有天后的純粹。

廟口吞吐千年的波瀾。子母方從
海上來，數算回程的溝渠蓋
他父親頸中安著一條氣喉
死亡從水平下
升起，露出一柱純淨的炊煙。

旺角即事

一群菲律賓人
在天橋半空
坐著飛氈

讓人報佳音

人類在這個日子充滿愛
在烤爐裏烤一隻酷似未來的火雞
餐桌上有些人不喝酒，有些人只是曾經喝酒
有人攜著孩子到街上聆聽聖經故事
轉角遇見聖誕大劲減，一年一度。
有一個人在醫院裏面剛好死去
癌細胞好像燈泡閃爍
有人討論將松果製成小聖誕樹
但松鼠，牠不會拯救我們的孤獨
牠只會別過頭像一個從來沒有認識過我們的人
一個新聞報導員報導他的身體
他身體上的癌細胞，每一套小小的悲劇
導演喊停，讓人報佳音。
雖然戲院到處在說：風起了
（也有人說：起風了）
角落如果有人，他也會在心裏說：風從來
就不屬於任何人，它屬於錯過本身
天空如果飄著糖果和聖誕帽子

敬禮，大地也會這樣說
松鼠在松果間略有微言
某些東西在樹枝裏面敲響著，有時使它自己顫抖
有時不小心敲破

胡同

剪刀一樣的女人
把男人夾死在胡同裏
火一樣的嚎叫
針一樣的鐘聲
沒有人可以阻止，剪紙一樣的愛
果斷的衣袖、混出來的藍
皮影戲一樣的迷途
你的衣服，今天和明天是一樣的
你的臉容明年映在誰的臉上？
我能夠從你眼中偷取甚麼呢，除了我自己
不一樣的水的皺紋
不一樣的笑的弧度

砌階磚的人

他覺得自己天生就是砌階磚的人
小時候他就給家裏的階磚迷住
磚上的花紋從腳下繁殖到牆邊
長大後他做了一個砌階磚工人
在夢裏想著等待填補的形狀
為切割一塊階磚跟同伴爭吵
他去旅行，但不看大海和天空
他堅持實驗階磚與階磚間的空隙
並且思考這些空隙如何影響人的行走
他宣告：階磚就是生活
你不可能逃避它

賣手作肥皂的人

過來看一看吧，先生
你的雙手是多麼的似一塊肥皂
你的指甲內側是充滿著那麼多的病菌！
你無法制止它們，就像你無法制止
城市的牙齦炎。我實在告訴你
這嘉年華會舉辦在城中的日落處
已經有不少人經過了我們的攤位
每個人的身上都散發著沐浴露的香味
他們曾經蹲下、好奇地發問
離開時把我們的卡片慎重地收藏在錢包裏
我又告訴你一個祕密：
肥皂裏面的每一個分子，其實都可以分成兩個部分：
一部分溺愛油脂；另一部分親近大海。
只不過我們平時所使用的沐浴露
它們無法通過微生物的身體，換言之
就像一個不想被製造出來的嬰兒
必須接受世界上並不存在永恆的這個事實
你往我們城市光滑的背部看去吧，那像紋身一樣

溫和的火光，將狠狠剪裁你的記憶
（他直指我的腦袋）先生，我們的肥皂
使用草本材料和溫泉水手作而成
這是我們的卡片。上面不印有甚麼
只有莖幹內部的微擴張、水分子在歷史上的幾次重大湧動
以及一個完整靈魂的幾個側面。

通渠人

在夜裏，尋人般貼著街招
尋一個未必不是親人的陌生人
請他拒絕
記得你的電話號碼
也許已經不是第一次，他的臉
仍然是憂慮和無知的寄生屋
也許他的手機已經
沒電。或者
他根本是個喪家者。
你無可避免地放任他到城裏奔跑
去尋回童年照中的一幀景色
那景色過於乾淨。
你手上街招的號碼千篇一律，它們
一條條像牙齒，在這種夜晚
越加瘋狂地啃食著風。
你只能請另一個陌生人記下你的號碼
他將毫無準備，就這樣
在兩個月後請你到家中通渠

他家中牆身潔淨，相架裏的景色豐腴
還有好些封塵已久的憂傷唱盤
可以看出他比昔日快樂
只不過一場突如其來的泛濫
叫他不知所措；當然
你終會讓他一切的煩惱
無償地沖向大海——那喪家者
你也許想起過他，是否也在那裏？
以迷宮連接的成千上萬個家庭
你像褐鼠一樣
從一個洞口探出頭來

屠夫

他現在像餐碟上那獸的肌肉
享受著熱騰騰的昏睡
妻子開了電風扇走入廚房
任由他放著
彷彿前世的記憶
遠道而來的手推車
上有豬全隻
有人眼中四分五裂
他為她解出一塊半肥瘦
小心得生怕把肉割出聲來
那時她尚未是妻子
偷偷
笑斷了一根微絲血管
初戀總之就是
割不正
不食那樣的堅持
他妻子一路走過來
笑得無比快活

這昔日的屠夫為此
轉睡了一個好姿勢

田野考察

稻草人所指的方向、麥田圓圈
我們悄悄經過它們的背叛
去採集農人的微笑，去挖開他們的地
翻開正在變成營養的屍骸
一具屍骸驚訝地回過頭，看見我們
這群人類學家。他說，他已經死去
而且死了很久，沒有想過
會再見新鮮而悲哀的人臉。但請不要翻動我
（而他的結構尚懸著塵埃）
他說。沒有人會認識我
我也不認識任何人，求求你們
我要供給麥子營養，無限的營養
而他說這樣的話時
正帶著我們覬覦已久的鄉音。

兒童節

在兒童節死去
他們將我包成禮物
送給貧窮的孩子
多麼驚訝，當他們打開我
望見我萎縮的身體
像一個蜷起來死掉的老人
多麼驚訝。當我望見他們的眼神
無知而且邪惡。
現在他們把我
當成一個皮球踢來踢去
天空，我再不能興來
才偶爾仰望你
我現在就要去過我的下半生。

輯二

對坐與憑弔

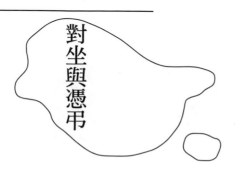

無題

看不見的星群繞過我們身後
繞過腳底，地球與它們的步伐
像齒輪一樣從相反方向轉動
我們整夜在草地上觀看無數次日出
有流星竄入眼角，像飛魚在玻璃旁受驚。
當它再次從某個眼角裏
飛回來的時候，夜的一切
將會學懂所有說話的藝術，像一個老人
所有的鏽跡，將會有它們自己
紛紛表示感動的方式
今晚的說話，不會由我們記住
而是由來年我們獨居的海岸線所記住
它會祕密延長，我們必須接受
一些與星軌平行的浪
在夜裏才可告抵達。正如星軌
也不會由天空記住
而是由睡眠、謎底和名字所記住

請讓籬笆外的花暖你的床

讓籬笆外的花暖你的床，而不是我
（我在角落豢養腳印，食以任性
人睡在濃稠處，生活
橫陳一幅喪亂帖
醒在飛白）

幸福的潮氣在海邊，你最好
帶籬笆外的花去，踢踢浪
夢裏舒一口氣都是
鹹的
海靜靜地攜走腳印
你醒來時

我已將鹽顆排得
一粒緊挨一粒

我們將是當中最小的星火

在生活柔軟的焊接中，我們將是當中
最微小的星火；諾言
劃過天空飛陷
我們宇宙般的眼睛
叢林之火指示規則，我們羈絆
在小松鼠的日子上
日子的守衛如此森嚴
隔著一幕淡薄之水
我們孤獨的衝動淋濕了影子
差些只剩下記憶站立

直到我們合力將眼睛鬆成一根莖
吸取唯一的露水，我們從此願在
小松鼠鼻子上迷路
我們精心將天空折成一朵朵花
插在日子的稻草人上
遮擋最後的日曬。然後在
生活柔軟的焊接中

我們做當中
最微小的

當我們到達粉嶺

我們的路遠且長
從火車站出來
一邊是和合石墳場，另一邊
通往你的家
至今我仍分不清左右

歸家的路阻且躋
天橋上賭馬的麻甩佬
至今你還是不記得要繞路
「記得禮拜三，或者禮拜六」

當我們死後
不再送你歸家
靈魂來到這個出口
一邊還是馬照跑
一邊的路，阻且右

對坐

尚記得那些在時間中
遠遠擺動的樹木
還有好些像海藻一樣的日子
在窗邊，我們更像虔誠的憑弔者
脫剩一身素淨的語言
趁早哀悼幾件無法獨自去想的事情

不是愉悅也不是悲傷
我們對坐、收窄
從溫暖的莊重中挪步，行出來
沒有綑花邊，沒有祝福
但是經過好幾回的默哀
又自汽水售賣機走回來，扳開一支歌

沒有輓聯，沒有人前來鞠躬
我們親手捲起心事如一根煙
夾住在指間再過一會兒就會抖落灰
它們各自有所信仰

應該火葬還是海葬呢

黃昏割下半張桌子
直至我們都再沒有在意過了多久
遠方隱約晃起幡子
有樹木緩緩地在時間海中擺動
就像海藻一樣
搖著兩個人遺失的心旌

日子

在一個尚能夠清晰談天的下午
讓我們之間只剩下手語吧
現在攜帶出門的物事
越來越少
後來除了腳步都沒帶甚麼

有時出一出門回來就發覺東西弄丟了
房間裏明明好像沒怎樣變
日子還好好的擺在那兒
我卻一直在適應
日子呢
日子不是一直好好的擺在那兒嗎
再不會帶出門也不帶給他人了

腳步聲和心情都交託給朋友保管
他們會用得著
有時為空白的時間塞上耳機
不刻意要去怎樣怎樣

就記錄下這些日子的悲傷
每個早上如是的朱古力奶和熱狗
曾經可以療養心靈

關於手語的欲望都只是說說罷了
出一趟門身體總會沾上些光
那樣才不至於死亡啊

執拗

可能是日光
認出我的蒼白
才教自己看起來
總似一個病人
有一種
殉愛的手勢
用來戴上耳機
每日練習醫師的平靜
自行
傾聽心肺

咳嗽

浪在海邊維持它的沖擊
沒有一波蔓延入來
秋季就突然
躺進我的身體
像刀子一樣冰涼

那綠色的丘壑提示著
山的下面就是熔岩
生病的時候也有警告
咳嗽、嘔吐
卻不至這般殘酷

我也渴求睡眠
讓她像母愛一樣降臨
無聲無息
如同她的離去

山後有一大片陰影
隨時變形
縮小、擴大
每日如是
有時消失
卻永不離去
咳嗽也是這樣
反反覆覆
只一種空耗
裏面甚麼都沒有

錫紙

你拿起又放下
我就有無數的日與夜

剛剛好

一切都剛剛好
這樣的傍晚，涼意
剛好使我意識到的時刻
不能再要求更多了
不能像天線那樣借用天空
只可以學會一點點它
原諒萬物時的沈默
或者聆聽時的樣子

有時也想靠近
像靠近你，而你靠近天空
靜靜地傾訴你
永遠不會聽懂的話
始終一切都顯得
剛剛好了。
雖然有時還是會
懷念，像倒影懷念乾涸的池
鏽跡懷念鏽跡。那時候

我還可以問你
就好像頻率靜靜地問天線
會不會也有離開天空的時候
你會不會也永遠聽見
並無法遺忘
每一個
正在遠離的星球
那時候
風向瀏海
提起過飛翔

回憶練習

那一夜在天台
夜懂了我們的沈默
心扉釋放囚犯
我們宛然成為彼此體內的隱患
而風捕捉我們相握的眼神、婉轉的肩頭
往後每年秋季
反覆提醒我為回憶添衣。但回憶
是個永遠也不肯穿夠衣服的孩子
只喜歡擲著一枚
平衡的銅板：一面鏽滿愛
一面刻滿恨
然而總有一天我會勇敢得
逆著風的掌摑狂奔
跨過無垠的沼澤
活埋所有曾經深陷的足印

杯麵

是一場完美的即興，如青春
總在一切都顯得不安份的午夜
諸如燈掣和握把和破口
微微用力掀起的欲望，需要
讓所有定型的長髮出一身汗
需要用兩隻手指
輕輕掩住濕潤並開始喘氣的嘴巴

需要等待
需要佯裝做其他事
直至滑過三分鐘熱度
直至將手指探入攪拌直至
脫下滿凝蒸氣的方框眼鏡直接用舌頭和牙試圖
咬斷所有擁抱的結，直至可以

可以忍痛遺下
即將發酵成回憶的麵碎
直至可以

在啡色的麵湯中重新發現
又流著自己的臉

劇場

（你從遠處走來，我不認識你，可是我知道是你。我把臉龐湊近一片晚霞）

你：你好，你遺下了一片葉子，請問是你的嗎？（遞上一片枯葉）

我：我的身上如何掉下葉子呢？（指向樹下）你看，那麼多的一堆枯葉，難道全都是從我的身上落下的嗎？

（你轉過頭去，跺腳）

你：其實，我只是想認識你

我：為甚麼呢？就因為我的身體懂得掉下葉子？

你：不，你真的曾經遺下過葉子。就在某一個黃昏裏，你拾起地上的一片葉子，看得入神，我以為最後你會收起它，可是你卻把它放回原地。

（晚霞愈湊愈近，彷彿有甚麼祕密要跟我說。）

我：沒有，不可能有，你捏造故事，我根本就不認識葉子。

你：難道你可以說（湊近我的臉龐）你不理解葉脈嗎？

我：（把自己抱成一棵樹）我曾經在樹下乘涼，但我沒有愛上過它。

你：看，你終於出來了。

（你轉過身去，從背包拿出一疊晚霞，分發給途經的行人，有些人執在手上看，有些人丟在地上，有人忽然發現手上的一片晚霞，原來還沒有死去，就從手中竄回去天的一角。）

十日談

秋天差點就要來到
怎麼就不能
多撐一會兒呢

可想到蘋果早在遠方掉落
離開樹下
誰能說你錯了

剩下的故事
雖然只是
一本尚未還你的《十日談》

但裏面還有一百個故事
故事的人還可以再說故事
直到你再逃不出來

斗牛

我想我可以跟你共握一犁
翻一趟筆直的深溝
在農田夜觀斗牛之宿
也可以往一個乾燥的高原旅行
讓冷風在我鼻前敲起門環
叩出新鮮的疼痛
我只能一輩子相信清水和青草
也只能在嗅出你成為庖丁的前夕
連夜隨刀鋒奔進秋夜喝酒
不被淚勒住
不在衢道旁邊嘶鳴
我只能隨時撞死任何一個遇見的人
然後嘗試不同的坐姿、聽琴
在秋夜想像不曾存在的春夏
用四個胃重新反芻四季
再等待一個遊牧民族的經過

暴雨

暴雨帶著龐大的沈默來襲
中斷了對話、加速一朵花的消亡
以強而有力的廣大滲透
灌醉我們。故人乾燥的髮根
火象星座暫時成為水性。

這是不得已的，一切都迫不得已地
冒出來。瘋掉的飛蟻誤打誤撞
栽在我們無辜的身體上
淋濕的鳥維持一副憔悴的樣子，即使
我們輕輕打從牠身旁走過。

人在這時候
更為輕盈。我們像上帝的靈一樣焦急
暴雨帶著龐大的沈默來襲
我們脫下衣角，被打濕的翅膀
感到前所未有地自由

但現在，那個在每場暴雨中
死去活來的故人
正在一個乾燥的高原上旅行
她突然呼吸困難，想起
一朵花，朝開暮落
又彷彿從牛羊群之間聽見一句話
而它正迅速衰老。

她想，今晚得好好喝一杯
她相信，關於沈默
這裏的人已為此造了
成千上萬個詞語

手記三則

——給Y

一

我記得跟你看過一部電影
主角低首穿過下雪的街頭
我們坐在下面的黑暗裏
整整兩分鐘
都在看滿是白色的熒幕

二

有一次你傳來旅行的照片
黃與黑像酒一樣調和的漁港
而我剛從超級市場出來
提著晚餐的材料，聽著你傳來的音頻
一個在完全黑暗中的歌者

三

我們曾在小店裏
面朝正在解剖城市的黃昏
並沿著它的鋒芒
望向一個陌生的花園

弱淵之酒

（弱淵之水痛擊千年，日月抽身上岸
唯我知是河床漬然，赤手為瓢
晚燈下溫一未名之酒，有訛言妄言束之高閣
，失足
其味醇烈）

新陽推窗而進。下床但見
紅暈委地，跌濕處處
肩岬及記憶開始痠痛不已
記得神話於半夜孵出，朦朧如猿

今晨已脫心河之外。
酒氣安份地棲息，梁上，帳後
尋不回任何一隻舞動的影子，是誰
杯酒氤氳間，首先吹熄了心

肩岬有曇花枯萎，迎於止水
身是曾經因灼而暖過，只是齒頰留香

無以言語。
我當然悉知桌上有剩酒
仍然溫有我的臉影眼神聲色
不去喝就在今夜
滿起來

歸去弱淵放生，你將蕩然無存
日月舍川流而去
無法醉掉甚麼或瞬即擊成沉積岩
昨日之我立於今日墳起之土
應縮回溫酒之手
到弱淵去放生，卻非安份之你
是我如炭的心。

輯三

肉身斷代史

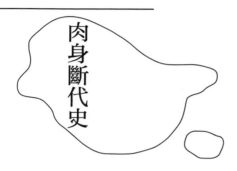

遇見神

一

走離柏油路，踏上荒原，我在腳底醒來。

二

在最高的地方我遇見天文學家。「你看，」他指著世界：「是一個胚胎。」我問他是不是指著我。他並不理會，顯然很苦惱，旁邊以宇宙作為母體的土製模型正在溶解。

我翻到科學期刊最後一頁，那是聖經的開首：「宇宙只是胚胎。」

三

在黑夜中我遇見土著。「這一帶，」他手握火把：「有年輕的造山運動。」

我請求他，想取樣於旁山褶曲深處。「不必了。」而舉起火把他笑，有斑紋在火中掩藏。
「這是你的靈。」

四

立於地平的黃昏，四方的經緯線突然鬆脫。我回頭，
仰望世界，切斷相連的臍帶，而血漿開始滴下，在身
上結成新島嶼。我不再擠迫於自己的子宮，如嬰兒般
首度體驗母親的臨在，但在誕生以前已然相信。

野草

如果我重新定義狂風，那麼寧靜就無所遁形。
野草若在此刻劃地為國，誰有處容身？
上帝於水上遞嬗如蚊蚋，在一個人失足時散開；
是甚麼使我們雷同，又是甚麼叫我們面目全非？

感謝你取出我跳動的心臟，讓我得以平靜。
從一個意境走到另一個，我說：我離開了；
風如冤魂在天地間徘徊，水流堆疊又瓦解。我按緊身上
遺失的玉珮。

沒有資格

當他寫詩，他就覺得不可行
當他望向大海，他覺得自己沒有資格
當他剖開黑夜，他覺得自己沒有資格
當他踏著輕步，望見一個老人
這個老人將會死去，變成鬼
鬼若有仇恨，就有夢
鬼也沒有資格。
採礦場也沒有資格
伊甸園也沒有資格
理論、嬰兒、火災
取得了甚麼回到世上
高純度的靈魂
是一種毒品，沒有資格

秋的路上

秋的路上，風在女人身上顯靈
杯子邊沿長出鋸齒
收音機在大海的輝煌中徹底瘋掉
是誰，把黃昏的眼睛刺瞎
盲目搜索我身上每一份風暴形成的過程
上升的臉孔被壓低，濺開旋開
它的時間已經無多
它不會放過任何一個能夠到達的人
黑夜，已經是一個瘸子

賀H新婚

而你總寫到大海和鈕扣
憂鬱的襯衫、女孩以及春天
但我從未見過你穿襯衫
除了一次，在你的詩集發布會
所有鈕扣都完好無缺

你決定要跟一位女孩
長居於環海的島。詩裏那些
你要向她們好好地交代
至於大海和春天，不用擔心
它們慣於龐雜

其他的，留給讀者
像放生動物奔回牠們的生境
願你在島上種瓜種菜，睡眠深沉
記憶有時清晰無比。想像禁止飼養的雞隻
習慣與牠們踱步

催眠

一、匿藏

大概那種蒼白也無法名狀，輪廓依樣
守成邊界；背景依舊挪動，在日子和視境外部
潛伏來犯。四格漫畫中沒有人不習慣
折斷；無人搶攻、無人逾越，正如
合上焚燒的門戶後當然就應該入眠

正如多數人喜歡睡眠但不喜歡
催眠。企圖匿藏但絕不醞釀
拐彎、藏鋒、避免流血；不喜歡讓別人知道
他們的血是紅色的。驅車到海邊
故意遺下小便，偷摻心情
這是海的控訴。

二、渴望

他也是這樣

在一櫃小說中湊出完整的自己
他渴望成為催眠師
但他只懂詩
他想寫一部小說
但他只懂詩

他嚼下一顆香口珠，模仿說話
他知道裏面摻著夢、薄荷
陌生人的靠近和情人的吻、城門的罅縫
以至時間、失控的鼻腔。除了這樣
別無方法。除了模仿兵器、動作
吐出濃烈坎煙，欺詐敵軍
就無力進攻

三、出入口

這天他遇見一個女孩，彷彿催眠師
彷彿那片在城外他從未到過的海

「你的手好像我家中的金屬掛鈎」女孩說
「反正我一直都是這樣」他臉色
變成水蒸氣飄過浴室的玻璃紙
「來，我們進城去。」
他驚詫，「我手無寸鐵。」
「我告訴你一個故事。」

四、真實

城不是他們的城
是我們成長的城，是每一種聲響（孩提的哭啼聲一定
壓在最下面）你寫過詩嗎，或者
作畫、寫曲；每一種光影
它們一切都早已活起來，在另一個
世界。它們才是最真實的

「不是另一個世界，是
原來的世界
我們的故鄉」女孩和他腳上的浪正在退去

「這裏的浪不是浪
在逼真的海中舉起呼救之手會因為我們
成功用手指戳破了天空
天空在十二歲時就已經糊起了
我們曾沉到海底並相信
童年是因為記憶而模糊
整個扭曲的世界不是倒影」

不是催眠，不
他合上眼

五、故國

女孩牽著他進入

「詩的國度，對」
他睜開好奇的眼睛
他看見路開始長滿在身上
他看見五月長滿在一年間，五月
點滴霖霪著：情慾、逃遁
漩渦。「一切都將變成詩了。」女孩笑
他想問「為甚麼」
但他聽見自己說
「一直為我們行成人禮的那把生鏽剪刀」

他聽了，就笑
不再問

「我們去檢視商禽的每條羽毛掉落之勢」女孩說
他明白，他們將去看商禽的世界

他看見了長頸鹿，他伸手去摸牠的頸
雙手就沾滿了憶念和滅火機。他驚愕後退

踏中一隻似乎已久遠地死去、冷硬的嬰馬

女孩拉他離開，「我們觀看顧城的偷渡。」
「故鄉永遠赤裸地迎接著歸人」他跺腳，說
（其實他想說「這就是真實的世界嗎」）

他又不再問了。他已經看見一座十二歲的廣場
有人用黑色的眼睛在血泊和月影之中試味
微藍微藍的汁液的確在搖蕩

「我曾在死後偶拾遺忘了的記憶不自覺地寫成自傳」
（他只是想說：「我也曾寫詩」）
「去吧，不看他們，」女孩說，「就沿著你的葬禮一
路回去瞻仰」

六、崩壞

他看見了

看見在那條父親駕的士送他上學微藍的路
父親下車傾倒過去
他伏在玻璃瓶子的底部
從魚眼鏡中只見母親的腹部突起
「來，後方有一支河流」女孩說
他們翻過了自卑，終於發覺那裏都流著麵湯
而且還蕩著所有進食的面孔，都是
孤獨的。「再往前去」女孩牽著他的手臂開始消失
是書頁抵住了河流。
「這些都濕了」他點頭，沿路奔去
更多書頁開始堵住一隻隻嘴巴
河流是在
家門前分岔的。女孩說：「飯桌前每個人都是單向的
濾器」
「呀，」他指正，「你看，是雙向的
他們都過濾了各自的世界……」

景色已經開始跑得比時間更快
女孩消失

他逐漸暈眩、腳軟、無力
終於委地。

七、後來

「我已經被糙石的邊緣擦傷，我知道石井內有斷代的
土層，但是我不要再翻譯」他彷彿說
（他彷彿只是想說
「請讓我離開」）

有人說看見醒轉後的他只敢回去站在城門河上
有人說他常常沿河向前走的時候同時亦在倒後走

我是玻璃瓶子當中銀色的孩子

當我成為一切我所認識的人
的侍應。成為杯子裏的冰
當我倒下自己，便注定再沒有人
悉知任何一個在神色間結晶，在異地
消融的景觀。當我漸漸成為那些桌椅其中的一截
椅腳／甚或，牆壁其中一個牆角當中
最小的一個。腳步在唇齒間便
開始思考（又或沒有思考）我
（又或是眾人）習慣在深夜
打開臉書照一趟鏡子。他們得悉
月色微暖。但是只有我知道

我是
玻璃瓶子當中銀色的孩子

我的聲音沒有回來

來回的聲音沒有我

有胎記名為眼
憂鬱謹作刺青
複製與恥辱的錯位中
我坐著，永遠地
坐著。因為我被
我坐著。
衣物在一夜之間都有了自己悲傷的名字

我的聲音回來沒有

他們混淆胎記和刺青
那些湖藍色的紋理
我深深地活在裏面
有關那個刺青師傅的回憶
沒有人知道他恐怖得像一面玻璃鏡
那些眼是他們的

只要暴露在關係中就不斷繁殖
在身上，唯有用衣物覆蓋

我的回來沒有聲音

我慢慢道成一個死亡者的支流
我親手放生的聲音
是否正在河床上默默死去
擺不脫胎記的死抓
刺青一直發炎
在流中捅刀
要整個河系都染上我的顏色
我哭了

我的聲音沒有回來

悲劇

他還是沒有找到沖曬的藥水。

他已經走訪過
憂鬱、女人的眼瞳
誘惑的城的暴雨。
耳朵曾在夢中窒息。他們的黎明
的前一刻。除了死亡
沒有人告訴他怎樣去認識最後一種黑

除了那幀底片
他夜夜修改的畫稿

鎖

起初人類發明鎖，是為了囚禁自己的靈魂
靈魂敞開，黑暗中有人聽見鑰匙轉動的聲音
可是手腕翻動的聲音呢？
一座城池被攪動，人和人的名字屍橫遍野
鑰匙，也曾經是一件兵器。人的肉體的延伸。

為甚麼有人喜歡按門鈴，讓別人為自己開門
有人卻喜歡自己開動鎖？
匙孔哪，這位預早為自己準備了傷口的人
一座城池的城門即將被撞開。鑰匙的鋸齒
訝於傷口的吻合而發出一聲聲驚歎

匙孔：一雙愈穿愈熟的鞋子。
那是你祖輩的腳步聲、你後代的喉音
血光打鑄而成的蜜餞，招魂曲的顫音。
房間與房間的隙縫長期透出屠房般的血光
深沉的睡眠導向死亡。

我打從抽屜、日記和天空走過
發現鎖到今天已經隨處可見
除了風的胚胎，誰還會去傾聽匙孔背後的一千萬種吶
喊？
出口和入口調換彼此的名字
昨天和今天在同一道門撞了個滿懷

鎖中的所有齒輪都已經在開始竊竊私語
我夢見每個人都擁有屬於自己的一串鑰匙
可以打開各式各樣的門。如今
我在一座靈魂的巨型建築面前，沒有鑰匙
站成一隻反覆瘀傷，變形成匙狀的手指

回來

——給你們

我們曾習慣在感傷的路口打轉
在舞步間踩中彼此的腳
如野獸一般度日
悲傷時靠在一個深藍色的湖邊
扭曲事物的皺紋
緩緩蠕動
我們尚且每天絆倒
手誤和口誤、結繩記事
將快樂和痛苦隔開豢養
獻自己到信奉輪迴的祭壇上
虔誠求保佑

不過待一切都定義好了
我想我的胚胎就可以成形
會長得像露珠吧
也像春日的一場迸裂
漸漸地就會長得像原始森林裏的每一種形狀
你們知道嗎

是畫布每寸的塗抹執我手練習
你們有沒有試過把自己奏成音樂
清楚看見所有島嶼發亮的輪廓但不是看著地圖
像所有在原始人手中竄走的線條
水珠頓悟從世界脫下來的一刻

旅行終會到達那個失語的日子
甚麼再也比不上藝術展裏畫布逐個說：
「你終於來了。」
有人經過張望剪裁方正的洞
而我在那些鏡子的前面剎停
說：
「原來你在這裏。」
為甚麼害怕沈默呢
我親愛的囚在我面前的馬戲團
只要你們知道我是不會離開的
只要你們還認得出我

一些夜裏

一

衣架上掛著陳舊的軀體
透著光，這麼多從未見過的小窟窿
和單薄的軀體，風一下子
撲過來，它就揚起
蓋住了我的臉。

被單和床鋪，曬了一整天
我們的家近海，但不是漁家
只是讓陽光來消毒
住在二十四樓
沒有鳥，也不想要看不見的跳蚤

一些夜晚，風雨飄搖
遠處誤鳴的火警鐘
把我們喚醒。坐在各自的床上
想各種各樣的事。

二

一件又一件的軀體被撐開
我們用抽濕機，想去掉尋不見的
死水。一個驚心的來電
響起，不是來自醫院
只不過美容推銷。

沒有閒暇多聽一個字
就掛線。即使她可能是個女人
或許也是個母親。但我們沒有閒暇
作更多的想像，蚊蚋
已經日以繼夜地多起來。

抽濕機在廚房，有時忘了關
衣物統統硬起來
一場大火，會否將我們
燒成不能分辨的灰？

三

叫醒我們的總是
樓下公路的響胎。我們從火光中
醒來，回到手上的工作
一首詩、一則計算
或者一件待晾的衣服。

死水沒有給發現之前
我們都不發一言。蚊蚋繞過
身後的虛空，密集卻又
沒有封住去路。想像出來的一灘死水
在夜裏守著不屬於自己的光。

躺平身子，或側著身
試著想明天的清潔計劃或晚餐。暫時的寂靜
永遠讓我想起，以往夜裏
她密集咳嗽之間的歇息。

冬日

一

這是冬日，鐵路上的一堆石子
被燻黑了頭腦。烈日在月台兩側種植
一些影子。長椅下擱著一雙腿
架空電纜依然整齊，這麼多年
還是包容鳥兒的飛翔。

窗簾像浪一樣在動
過濾了的陽光，在你臉上
抹上光芒，像泥，有點燙。
想像一個夏天，家旁邊的海
我們把泥抹滿你的身體。

下午，無人的窗台
風在進進出出，掀動窗簾
上面有葉的圖案，一片
又一片，彷彿可以無止境地

繁殖開去，以相同的葉脈、姿態。

二

醫院旁有一個輕鐵站
聚集著零星的人。沒有哭聲
沒有低語。只有互相作伴的人
坐在長椅上，談電話
把一袋餸菜委放在地上。

當列車來了，他們就混進人群裏面
剩下初來的人在看候車屏
它們以分鐘計算。軌道上乾燥的木板
在烈日下被敲過
像壞掉的木琴玩具。

血液在進進出出，人影晃動
這裏有太多蚊子。

我找不到傷口，請給我
一朵棉花，去堵住
春天牆上的缺口。

三

冬日將這裏曬成一幅照片
沒有發黃、沒有缺角
一切都清晰無比的彩色照片。
拿在手上它甚至還在反光
你看，是燈的白光。

我們必須從這個車站回家
每一次探病後，從這裏離開
列車緩慢得足以讓沿途的風景
看清楚我們。多麼痕癢，我們
還在抓大腿上不知名的傷口。

驗血報告藏在甚麼地方了？
她的內衣、髮夾、電話簿
藏在哪裏？回到我們的家
它是多麼地空曠。隨意揀去一些讀物
就只剩下一地髮絲和塵埃。

四

海洋正在駛近我們嗎？
一場泛濫，會使這個車站沒頂嗎？
是的，窗簾像浪一樣在動
想像一個日子
我們把泥抹到你的身上。

坐在床邊，就像坐在
窗外那個車站的長椅上。
我們常常從那裏仰望，這塊窗簾的
另一面，不住開合、晃動

它有甚麼想要說嗎？

如果在夜裏，往車站的路
是條黑暗的路。記得一次，有個菲傭
喵喵地叫，去逗草叢裏的貓
當她回頭，發現我
一下子燦爛地笑了。

宜家家居

你說便宜莫貪
我終於量好了我們死去後的佔地
這個書櫃潔淨而密封
大概可以用上一百年

你消失在轉角，剩下一店光鮮亮白
宜室宜家

你提我到櫃檯拿幾條紙尺
焚給你

在另一個維度中丈量
巧妙避過門腳、床沿和意外

請茶

我們之中曾經有誰出了神
一片花海，古老的喬木
有人採下初春的嫩葉做陳年的香
摸著茶餅我們問
究竟藏起了甚麼祕密

泡一壺眾人圍坐的心思
恍神的臉孔在杯子中暈開
勾住壺耳的手
曾經是誰的手
紅潤的記憶，有熱

我們之中曾經有誰出了神
一片花海，古老的喬木
誰人仍然執著年份
山上的雪菊，結晶的蜂蜜
再也倒不出來的過去

記憶潤澤眉目
手中拆開幾克茶的細碎
想像古樹的香如何從千里外帶來
井口般痛苦的淵源
驅散涸渴的舌頭
叫我們步履輕盈，餐風飲露

在座的人並非品茶的人
茶泡過幾回
有些人離開，去換上他們的行裝
有些人站起來，收割自己
在衰老的體質中採出早春嫩葉
製成茶餅攜在身上

有人再一次請茶
下一次勾住壺耳的手
會是如何的一雙手
我沒有問

茶色依然紅潤
我們之中
曾經有誰出了神
一片花海，古老的喬木

輯四

良夜與夢

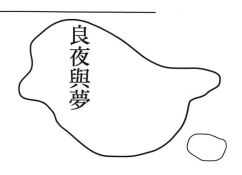

良夜

一

你攜著乳香來找我
但我不是那人
我們可以到失火的馬廄
睡一晚，不問馬

二

一條往市集的路上
你我的聖靈高高掛
掛在繩子上
賣血的人不減純淨
雕像站得像妓女
這豈不是良夜
雪下得愈來愈密
我們必須從骨髓中抽取火
用火為彼此消毒

洗傷口

我到河邊洗傷口
用渾濁的水
瘦痛的背
廣漠無邊
你可不可以
為我施洗，穿白色
柔軟的衣
日子到了
我就往你身上
塗奶塗蜜
塗滿雙唇
好讓傷口癒合

相見

一

把火捲起來
放進另一道火裏燒吧
靈魂因惰性
一直留在體內

二

不如乾脆熄燈
黑暗移開桌子
我們以酒代水
通夜聽其潺潺

對坐

那就熄掉所有的燈
讓火在虛空中歇息一會
我們的對坐
亦失了肖像
屋內滿是坐姿、站姿

明信片

你說你吃羊肉
我就想像你怎樣吃羊肉
你說你也有吃牛肉
我就想像你怎樣吃牛肉
你說你喝酒
我就想像你喝了酒
你說你吃火鍋
和另一個人滾燙起來
寫到這裏就沒了
我也打住想像
急急把你釘在牆上吧
用一匹風景做掩蓋吧

悲傷的時候去拉屎

悲傷的時候去拉屎
絕對不可以
繼續想悲傷的事
一想就拉不出
如果便祕
那就更加不能想
要想些別的
令人雀躍的事
想今晚開的彩票
想明晚很多人的飯局
想依附在牆上的蚊蚋
按摩丹田
激動地唱歌
不能唱悲傷的歌
要唱很嗨的歌
唱到累了
突然又陷入
悲傷裏去的話

那就是
拉出來了

有染

我的上衣與黃昏有染
我的笑話與眾人有染
我深自喜愛的詩歌跟語法有染
我的夢跟父親有染
我的一呼一吸
皆與死亡有染
走在路上
為了報復背叛
我也決定找一間食店跟我有染

彌撒

我身邊有多少人趕著來到這裏
明亮的清晨
死者在夢中留下的
懷念或恐懼
一下子蒸發為平常不過的水氣
即使是神父
也來不及吃早餐。我看他
以原始的飢餓
飲去葡萄酒
含著餅，站在講壇上

血梅

我從火中來
攜著燒焦的笑容
向世界招手
你從隊伍中走出來
給我一朵梅花
血梅，別於肩周一隅
遮蓋炎症
是火困在裏面吧
我想沒有人能夠同意
取暖之火可以溢出壁爐
焚燒整個身體
只為綻出一朵血梅
即使在冬天
它看起來讓人優雅
富有象徵意味

骨

路有涷死骨
骨尋找肉
上好的肉體安躺在房間中齋戒
忠誠的寵物
仍來啃我的堅固

醒來發現
自己是肉
瘀青還沒有散去
就被切掉
入冬一戶人
高高吊起我
狗在下面仰望

風吹來
我嗅到煙燻的味道
感覺身體
僵得像塊骨頭

無夢

石頭無夢，有的話
夢裏大概滿佈細孔
嵌著它不曾見過的礦石
我堆疊著石頭
我也沒有夢
有的話，夢裏大概滿佈夜
夜嵌著我從未見過的星
像礦石一樣閃亮
醒來我就是一位礦工
肺部的細孔嵌著未曾見過的塵埃
塵埃也沒有夢
有的話
它只想當一塊石頭

對座

坐去遠方的火車
對面是個獨身女人
女人死盯著倒退的風景
好些農田、兩三層的屋
輪流瞄著我們的老大山
從天亮到天黑，她的臉
成了一盞走馬燈。
她沒有瞟過我一眼，如果
她有夢，大概會夢見我
成為這世界唯一追逐她的事物

拾遺

在地鐵閘機前，一雙耳機
在地上擋住了我的去路
它過於面善，彷彿已經被我遺失過
太多次。我慶幸地拾起它
放進口袋——一瞬間
我從那裏摸到另一雙耳機
它一直蜷縮在那兒；而另一雙
已經沾滿時間的灰塵。
我站空了我的身體
就這樣，在人來人往的閘機前
我別無選擇

一首歌在午後響起

一首歌在午後響起
放歌的人呢？正在睡一覺
抑或偽裝成這裏任何一個人？
樹葉從她腳下滾過來的
那個老婦人嗎？

白色的女孩，招著手
或者只是抹著汗？
在這裏，一個以十字路口拼成的斜坡
電車被隔在世外行駛
她會進入任何一間店舖

買著記事本？某張明信片？
一套舊電影似乎看過？
有搖滾樂在身後
像白色的小狗越跑越遠？

前世

一

我看見我前世的日子
光滑的日子，我聽見我
前世的水聲，多響亮
一些氣味使我想哭
一些煙塵摹出我的過去
樹的形狀留在天空
雲像那天靜止的棉花

二

無論如何，我還是會記起我的前世
出生在一個陌生的城鎮，沿海
同樣炎熱，有疾病和人性
偶爾蹲在路邊等待散工，成為上帝

故人

回到幾年前去探望一個故人
他是否仍然住在那裏——
不斷深入的房間，雷同的白色走廊
他仍是那副模樣嗎？
還是為新鮮的夢而淌著汗？
每次我回去，他都仍然認得我
仍然未得那個病
叫著我舊日的名字
我說
你垂在臂下的寬鬆衣袖
看起來還是那麼像一對翅膀

給孩子

孩子，我告訴你
滾滾的石是大地的兒子
鳥是天空的結髮妻子

感到睏了嗎？孩子
天空：記憶的橫截面
火會來臨，貼近你的臉頰

光會從門縫漏失
肩和肩永遠沈默
你第一次甩開我的手

會喊出太陽的名字
「衣角，」我只能叮囑你
早晨又一次開展它的剪紙練習

樂手

「往事真的像和弦
那時候初學結他
按得指頭傷損
也要一個一個按出來
到如今
在黃昏裏面彈一首歌
又得一個一個
把它們都按下去……」

調音

我只不過是個永遠也調不準的音
棄自疼痛的指頭
在音箱裏流轉、受業
躲到角落
緩緩在聽覺中死去

詩人頌秋風

已經沒有一棵樹
禁得住沿路的比興

語言文學類　PG2877　吹鼓吹詩人叢書51

與靈魂有染

作　　者 / 陳康濤
責任編輯 / 陳彥儒
圖文排版 / 黃莉珊
封面設計 / 吳咏潔

發 行 人 / 宋政坤
法律顧問 / 毛國樑　律師
出版發行 / 秀威資訊科技股份有限公司
114台北市內湖區瑞光路76巷65號1樓
電話：+886-2-2796-3638　傳真：+886-2-2796-1377
http://www.showwe.com.tw
劃撥帳號 / 19563868　戶名：秀威資訊科技股份有限公司
讀者服務信箱：service@showwe.com.tw
展售門市 / 國家書店（松江門市）
104台北市中山區松江路209號1樓
電話：+886-2-2518-0207　傳真：+886-2-2518-0778
網路訂購 / 秀威網路書店：https://store.showwe.tw
國家網路書店：https://www.govbooks.com.tw

2022年12月　BOD一版
定價：220元

國家圖書館出版品預行編目

與靈魂有染/陳康濤著. -- 一版. -- 臺北市：
秀威資訊科技股份有限公司, 2022.12
面； 公分. -- (語言文學類；PG2877) (吹鼓吹詩人叢書；51)
BOD版
ISBN 978-626-7187-40-1(平裝)

863.51 111019310